워킹 푸어

열린시학 시인선 82

워킹 푸어

백성민 시집

고요아침

늘 두려웠습니다.

한 줄 글을 쓴다는 것이 밤이면 수음 같은 자조를 되씹으며 새로운 세상이 열리기를 기원하며 선잠이 들었습니다.

하지만 자고 깬 아침이면 세상은 어제와 같은 오늘만이 있을 뿐이고 아픈 사람들은 아픈 대로, 웃는 사람들은 웃는 대로 늘 그 자리에 머물러 있을 뿐이었습니다.

어쩌다 신음에 겨운 사람들이 웃는 것을 보았지만 그것은 많이도 비틀어지고 일그러진 웃음이었고, 그 웃음의 여운 뒤에는 웃기 전보다도 더 심한 울음이 있다는 것을 어렵지 않게 깨달았습니다.

내 인생이 아니라고 억울할 것도 슬플 것도 없었지만 왠지 죄를 짓는 느낌은 벗어버릴 수가 없었습니다. 그래서 어느 날인가 이런 글 한 편을 써놓고 참 많이도 취했던 것 같습니다.

아 가엾구나. 너의 이름이

남들은 다 너의 이름을 부르는데

세상에 단 하나 나만은 너의 이름을 부르지 못하는구나!

꿈인 듯 부르는 소리는 아득히 멀고

실낱같은 핏줄이 분한 성을 내도다!

나로서 내가 아닌 타인의 결속으로 굳어진 내가 있어

나는 나의 나를 목매어 부르노라

—「초혼가」

　　살아가고 있는 것이 아닌 살아내고 있는 수많은 사람들. 누군들 삶의 주인이 되고 싶지 않겠습니까? 하지만 도처에 숨어 있는 수없이 많은 삶의 복병들은 때 없이 창칼로 찌르며 가슴을 베어냅니다.

　　그럼에도 꿋꿋하게 일어서는 삶의 흔적들을 볼 때면 두 무릎을 꿇고 가장 높은 삶의 경배를 드리고 싶습니다.

　　아픔을 품은 그대들이 가장 존귀하다고, 그리고 내 작은 염원들이 그대들의 장엄한 생에 녹아들 수 있기를 욕심내면서⋯⋯

2012년 6월

백성민

■ 차례

제2부 해어가

제3부 섬이라는 이름

제4부 가장 슬픈 종족이 살다간 별에서 보내는 편지

낙타의 여정

고삐 쥔 손이 흔들릴 때마다 두려웠다
푸른 초원이
신기루라고 모두 손 사래질 할 때도
목숨 하나씩 담고 건너야 하는 고비사막
난생 처음 등에 맨 혹 하나 떼어
녹슬어 무딘 칼로 열십자 길을 낸다

사막의 모래폭풍은 잠시의 길마저 지워버리고
돌아나갈 길마저 잃어버린 이곳은 툰드라의 고원

어느 편협한 사상의 절름발이가
이 낯선 곳을 찾아올까만
바람은 태고의 몸짓으로 생명의 씨앗을 실어 나르고
단단한 가시로 잎을 틔운 천형의 그림자만
냉엄한 햇볕 아래 꿋꿋하다

전설로만 남은 65센티미터의 거대한 족적은
전설보다 긴 이야기일 뿐,
타클라마의 무덤은 생명을 위해 준비된
마지막 여행지다

초록에 관한 용서

밤늦은 시간
오래된 여인 같은 얼굴 하나가
몽환적인 그림을 그려낸다

"당신의 소중한 삶을 위해
특별한 공간을 선사합니다."

눈에 보일 듯 말 듯 스쳐가는 자막 한 줄
(위 이미지는 사실과 다를 수 있습니다)
발신자가 없는 소포 뭉치를 풀 때
어둠을 엮어 아들에게 보냈던
산골 어느 어미의 한숨이 문밖을 두드린다

허물어지는 담 옆
기억하려 하지 않는 울타리는 뿌리를 거둔 지 오래
하늘에는 이름을 바꾼 에라네의 별이
짙은 화장을 한다

4-19호 혜미의 빈방

사내의 손길이 잃어버린 것을 찾는 듯 조급했다
은밀한 가랑이 사이로 숨어든 바람들이
멈칫거렸고
열차의 흐느낌이 들려왔다.

천장 위 불빛이 바람도 없이 흔들렸고
주섬주섬 옷을 챙겨 입는 사내의 모습이 잠시 전에 머물
고 간
사내의 모습과도 닮았다는 생각이 들었다.

머리맡에 놓인 만 원권 석장
창문을 넘어온 눅눅한 빛들이
푸석푸석한 웃음들을 토해 놓는다.

크리넥스 몇 장으로 막아놓은 자궁 속에서
덜 마른 정액 냄새가 났다
빗길을 걸어온 어느 사내의 발소리가
19호실 앞에서 멈추어 선다.

물오름 달

속살대는 봄볕에 취해
돌아와 누운 저녁
어여쁜 그녀가 따라와 눕습니다.

천상의 저 어디쯤
무지개다리 밟고 내게로 온 듯
물비늘 냄새가 납니다.

동행

한쪽 무릎이 시리다
어느 한순간도 따로 걸어온 적이 없는 무릎과 무릎
왼발이 걸을 때면 오른발은 뒤뚱거리는 왼발을 잡아
곧게 서고 싶은 기대의 이끌림을 싫다 하지 않았다

알 수 없는 것에 대한 속죄로 낮은 엎드림을 할 때
네 한 쪽 무릎은 경건함으로 그 옆을 지키며
절뚝거리는 내 걸음을 기다렸고
어쩌다 물웅덩이 앞에 두고 네 무릎보다는 내 무릎이 먼
저 비켜갈 때
너는 그 한쪽 무릎의 견고함이길 마다하지 않았다

바로 서고 싶다는 그 간절함도 가늠할 수 없는 세월 앞에
하나, 둘 저마다의 의지를 내려놓아도
무너지는 가슴 한쪽을 받혀준 것도
언제나 너였다

미안하다 그리고 고맙다
때론 깊이 파이고 때론 가볍게

함부로 찍어온 자국이라도 운명이라는 상투적인 변명이
면 어떠냐!
  오늘 나는 무릎과 무릎 사이에 두 귀를 묻고
  마지막 숨을 모아 속삭여본다
  아직도 걷고 싶다고…….

길

한발만 내딛으면
토끼가 산다는 저 먼 내일 앞에 서 있을까
절구 공에 빻아지는 것은 누구의 백골일까
어느 서리 깊은 날
신들의 조상을 위해
소복素服한 거리는 창백한 각혈을 한다

아무도 길들일 수 없는 오래된 길
앞서 걷는 사람과 돌아보는 사람 모두는
생의 반환점을 돌았을까
수없이 보낸 암호에 답신은 달빛에 묻어나는 흰 자국뿐,

누군가 두고 갈 그 흔한 흔적 하나
달려오다 멈춘 풍경 안에 걸려 있고
그림자를 지우는 나무 아래
순한 눈빛은 오랜 바람 속을 서성인다.

그림자 지우기

기다림의 버스는 오랜 시간이 지났음에도 오지 않았다
산자락을 맴돌던 바람은 거대한 콘크리트의 벽에 부딪혀
사나워질 대로 사나워진 채 텅 빈 차도를 건너
우두커니 서있는 버스 안내판의 멱살을 부여잡았고
완강한 버팀에 제풀에 지친 바람은
어디서부터 품고 왔을지 모를 헤진 전단지 한 장을 팽개
치고 홀연히 떠나갔다
기다림에 무료한 손으로 전단지를 집어 들었다
비바람과 어느 발 아래 밟혔는지 전단지의 사진은 군데
군데 구멍이 뚫려
전단지 속의 인물을 알아보기는 쉽지 않았지만
고딕체로 쓰인 사진 아래 글만은 그 의미를 다하고 있었다

"사십대의 건장한 남성입니다 십이 년 육 개월을 밥벌이
를 하다
지금은 휴직 상태입니다 열한 살짜리 아들과 아홉 살짜
리 딸,
서른 여섯의 아내와 전세 이천오백만원짜리 세를 살고
있습니다
무엇이든지 할 수 있고 가능하다면 제 신체 일부분을 팔

수도 있습니다"

혜진 전단지의 글을 다 읽었지만 기다림의 버스는 오지
않았다
바람은 다시 무서운 기세로 불어와 무료한 손이 들고 있
던 전단지를
채 갔고 그제야 손은 바람에 의해 날려가는 전단지를 보
며
허우적거렸다.

언제였나?
문밖을 나서는 그에게 살갑게 입을 맞추고
고사리 손 흔들며 웃음의 배웅을 하던 시간이
바람을 움켜쥐려던 손이 잠시 뒤를 돌아보았고
그리고 거기 자신의 모습과도 같은 기다림의 그림자가
바람이 팽개치고 간 전단지를 읽고 있는 모습이 흐린
전등 아래 어른거렸다

이방인

그의 거리는 낯설다
지나가는 사람들의 눈빛이 낯설고
불빛이 낯설고 그림자마저 낯설다

지상의 끝은
거울의 반사광처럼 매끄럽고
표백제를 풀어놓은 시간 위로
그의 걸음은 자꾸만 미끄러진다.

뼈

깊은 밤이면 빈 방에 들어와
죽음보다 깊이 눕는 몸 하나
머리맡에 앉아 가만히 그를 내려다본다

절은 땀 냄새와
역겹지 않은 피 냄새가 섞여
어느 울창한 정글 속에서
물고 물렸을 짧지 않은 사투를 본다

시체도 땀을 흘린다

문득 가엾다는 생각으로 이마에 맺힌 땀방울을 닦아주
는 순간
기다렸다는 듯이 낚아채는 손길,
딱딱하게 굳은 저 몸 어디서
이리도 날렵한 움직임 남았는지

행여 저 죽은 잠을 자는
저 사내는
칼날 위, 위험한 짐승인지도?

무대 1막 1장

새벽 세 시
그놈의 발모가지는 서툴게 걷다 삔 적도 없이
시장 입구에 도착했고 아직도 맨살을 비비면
선잠이 들어 있는 좌판의 덮개를 걷어내며 칼부터 찾아
든다

한 발자국 떨어져 있는 외등의 불빛이
푸르스름한 웃음을 내던지며 칼날과 잠시 눈 맞춘다.
그리고 어느 무협영화의 한 장면처럼 통나무 도마 위로
칼은 던져진다.

도마는 거부의 몸짓 한번 없이 칼날을 받아들인다.

일회용 분사기에 불이 붙여지고
달구어진 노즐은 붉은 혓바닥을 토해놓는다.

무리를 이루었던 냉기들이 한발씩 물러서고
때 맞춰 도착하는 40일 혹은 60일, 생명의 기록들

잘려지던 많은 새벽들은 매몰의 흔적도 없이 기웃거리고

좌판 위에 펼쳐지는 용서의 시간

투박한 어느 아낙의 손끝에서 망설인 선택은
한 번의 주저함도 없이 양 날개를 움켜쥐고 단호함으로
내려치는 칼날은 돌이킬 수 없는 필연이다

살과 **뼈**를 자르는 그 한 순간
칼날은 조심스럽게 더듬는다.
어디쯤 묻어 있을, 뜨거웠던 생의 한순간을.

워킹 푸어*

그가 눈을 뜬 것은 새벽이 채 잠에서 깨지도 않은 시간
이다
그의 자리 한 뼘 너머
행여 곤한 잠 속에서 불러내고 싶지 않은 미지근한 온기가
어둠처럼 웅크리고 있고
숨을 참아가며 방문을 연다

방비할 틈조차 없이 밀고 들어오는 싸늘함
쪽마루에 디딘 발끝이 등덜미를 후려치고
움츠려드는 어깻죽지가 진저리를 치다
마주치는 별빛 하나가 푸근하다

열고 닫을 문조차 없는 행색뿐인 부엌살림은
알전구 하나에 호사스럽고
어젯밤 남겨두었던 찌개냄비에 물 한 컵과 소금 한 수저
풀어 넣는다

으깨진 두부 몇 조각과 신 김치 몇 조각이
기름기 하나 없는 창자 속을 채우는 것도 복이라고
야무지게 다지는 가슴 한구석이 축축하게 젖어온다

수삼일 전부터 고기 한번 먹고 싶다고 투정질 하던 어린
아들놈에게
운수 좋아 품삯이라도 후하면 비린 생선 한토막이라도
사다 먹여야지 하는 생각은
눅눅한 웃음 한편을 물들게 하고
개다리 상을 들어 늪 속 같은 방안으로 밀어 넣는 등덜
미가 써늘하다

* 워킹 푸어(working poor) : 일하는 빈곤층이라는 뜻. 저임금의 육
체노동자들, 임시직이나 비정규직 노동자들처럼 열심히 일해도 저축
하기 빠듯할 정도로 형편이 나아지지 않는 계층. 이들은 갑작스런 병
이나 실직 등으로 한순간에 빈곤층으로 전락할 가능성이 높다.

민규 아빠의 새벽

잠이 든다는 것이 무서운 것인지도 모릅니다
그는 항상 두 눈을 빼 시계 앞에 두고 잠이 듭니다
그리고 피곤에 절은 육신이 투정을 부리던 말든
두 눈은 새벽 3시 반이면 어김없이 가수 상태인 그의 몸
신경들을
흔들어 깨웁니다

밤을 잊고 사는 사람들이 모여 여는 새벽의 어물전은
언제나 질척한 욕설과 졸린 불빛들이 아우성을 치고
그날 팔아야 할 생선들을 고르는 눈길에는
다부진 일상이 꽉꽉 들어차 있습니다

오가는 시간 신선함이 떨어질까
쇄빙기의 얼음을 받아 생선을 재우는 손끝에서는
이 물린 소리가 덜거덕거리고
허리를 펴 마주 선 눈길에는 무심한 얼굴들이
언 손을 뿌리치며 담배 한 대 더디게 입에 뭅니다

동 트긴 아직도 먼 시간
제 눈에 맞춤으로 이른 장을 마친 상인들은 하나 둘

드럼통 불 앞으로 모여들고
누가 먼저랄 것도 없이 건네주는 소주병을 받아
빈 배속에 삼켜 넣습니다

재작년 어느 땐가 한 푼 권리금도 없이 거리로 나가앉던
날처럼
뱃속에서는 누를 수 없는 열기가 솟구치고
타는 불에 기름 붓듯 건네받고 싶은 술병을 뒤로한 채
국밥집으로 발길을 옮깁니다

희망 국밥집 안에는 이천오백 원짜리 해장국 한 그릇도
호사인 양
졸린 눈빛들이 게트림을 뱉어내고 하루의 대박 꿈을 인
사로 건네며
부지런한 일상 속으로 지쳐듭니다

오늘은 또 어느 자리에 좌판을 펼쳐놓을지
운전석에 앉은 민규 아빠는
상계, 중계, 하계동 골목골목을 머릿속으로 그려봅니다

운수 좋은 날이라면 단속반 호각 소리도
드잡이하는 성질 고약한 손도 만나지 말아야 할 텐데
두 해 반을 누워있는 아내의 신음 소리가
덜컹거리는 트럭의 뒤꽁무니에 한사코 매달려 옵니다

소나무가 있는 풍경 아래

눈이 부시다
닿을 수 없는 저 공간의 끝
모진 시련도 없이 살아 있다
어둡고 그늘진 한때를
견뎌내는 너

얼마나 돌고 돌아야
그늘 없는 그림자로 네 앞에 설 수 있을까
해진 신발 속
사금파리 하나 숨어든다.

돌

돌을 던지는 자와
그 돌을 맞는 자

돌을 던진 자도 맞은 자도
비켜간다

죄는 언제나 돌에게 있고
맞은 자도 던진 자도
우연한 만남을 둘 뿐

단단했던 슬픔조차
돌에게 눈을 흘긴다.

비망록

거울은 슬프다
앞에 서는 물체마다
자신을 비춘다고 착각한다.

웃거나 울거나 혹은 왼손을 올릴 때,
거울 속의 내가 오른손을 드는 것인지
왼손을 드는 것인지 자각하는 현실

욕망은 질주를 대신하고
내 속의 나와 거울 속의 내가
사투를 벌인다.

흔들림이 없다는 것
거울이 슬픈 것은
제 슬픔을 아무 곳에도
비쳐 볼 수 없다는 이유 때문이다.

날숨

초라한 몰골로 밤길을 숨어들던
막내는 고봉밥 한 그릇을 게눈 감추듯이 비워내고
산송장처럼 잠에 빠져들었다.

하루가 멀다 하고 전화를 넣던
생때같은 막내아들이 소식 끊긴 지 달포 만이었다.
서울살이가 그리도 좋다고
입에 침이 마르지 않던 입가에는 피딱지가 엉겨있고

행여나 기다리던
반가움이 야반도주와 함께 오던 밤
봄바람이 두런거리던 장지문 사이에는
날숨만이 서성거렸다.

제2부

해어가

산10-1번지

숨 가쁘게 오르는 골목길
깨금발을 들지 않아도 보이는 낮은 지붕 위
동면의 기억들은 아직도 깊은 잠 속에 있고
잠시 머무는 햇살만 긴 한숨을 쉰다

추녀 아래 숨어 있는
저 먼 날의 향기는 단단한 두께의 아우성일 뿐
어디쯤 오고 있느냐고 묻고 싶은
목 쉰 외침을 바람이 안고 간다

허공을 찍는 새들의 발자국마저 비켜가는 길
고압 전류는 금역의 성곽처럼 견고하고
굽어진 허리 아래 이른 그늘이 질 때,
머물 곳을 찾지 못한 걸음이 비틀거리다 멈춘 곳

곧은 낙숫물은 이념도 없이 떨어지고
어두워지는 하늘 아래
나무 십자가가 온기를 머금는 시간
누군가 쪼그려 앉아
눅눅한 가슴을 열어본다

신기료 천씨

드문 걸음들을 기다리는 것도 한때였다
골목 밖 새 상점들이 늘어날 때마다
불빛과 화려함에 밀린 골목 안은 더 짙은 그늘이 졌고
해어진 구두를 들고 찾아오던 발길도 멎었다

어쩌다 다급한 걸음만이 숨어들 때
반가움도 잠시, 벽 앞에서 부르르 진저리치는 몸짓이
오줌줄기 그려놓고 황급히 돌아나가는 축축한 시간

반평생을 환한 빛 아래 바로 세울 수 없었던 낮은 시랑
아래
무수한 발바닥의 상처와 터진 밑창 꿰매고 못질했을
낡은 재봉틀과 망치에는 검버섯 같은 녹이 슬고

언제였던가, 아직도 선명한 기억 속에는
미닫이 출입문이 닫힐 새 없이 헌 구두 들고 서있던
그림자만 어른거릴 뿐

오늘도 천가네 수선 집에는 이른 전등불만 켜진다.

계박繫縛

잘 드는 칼로
단박에 목을 자른다

살은 칼을 베어 푸른 물감을
촉수 끝에 안착시킨다

달려와 멈춘 헐떡임이
부릅뜬 동공의 매달림에
손을 내젓는다.

고수高手

패 한 장을 뒤집을 때마다
바람이 불기도 했고 때 늦은 비가 추적거리기도 했다
그의 손놀림이 둥근 보름달의 광채를 집어낼 수도
매화 그림이나 목을 뺀 기다림의 새 한 마리를 품어 낼
수도 있으련만
그는 언제나 쭉정이만 남은 싸리 대 한 장을 뒤집었고
어쩌다 밝은 패 한 장을 뒤집어 웃는 것이 고작
먼 곳을 망연하게 바라보는 사슴의 눈망울과 마주치는
것이다
믿고 싶지 않았다
그에게 비법을 전수한 황의 정승이나 진양대군의 기술
은 완벽 그 이상이라는 것을 알기에 그가 펼치는 세상 밖
의 패 돌림은 늘 당당했다.
그의 앞에 앉은 자가 누구든 그가 돌리는 패 앞에서 모
두 숨죽였고 그의 손 안에 들어 있는 패 묶음은 언제나 그
의 의중대로 난초꽃 위에 난초를 때려 2·8 망통이 되기도
했지만 자신과의 패 돌리기는 늘 패배만을 안겨주었다
그는 벽을 등지고 앉아 잠시 눈 감았고 긴 한숨을 내뱉
으며 손안에 느껴지는 알맞은 감촉에 눈을 떴다
어느새 그의 손안에는 놓을 수 없는 패 묶음이 손길을

잡아끌었고

　다짐이나 하듯 낱장 하나씩을 넷으로 나누고 있었다.

　첫 번째 자리에는 육목단, 두 번째는 난초, 세 번째는 단풍잎이 놓여졌다

　그는 자신의 패도 뒤집어 놓고 싶은 충동을 참으며

　마지막 패를 돌렸다 그의 바람대로라면 자신의 첫 장은 국화꽃 그림 패다.

　바닥에 돌려진 패와 자신의 패, 그는 보지 않아도 자신 있었다

　첫 번째 패 돌림에는 여섯 끗이 나올 것이고 두 번째 패에서는 다섯 끗 세 번째 패에서는 3·7 망통 그리고 자신의 패는 국화꽃 무늬와 같은 아홉 끗이라는 것을. 그가 일어난 자리에 엷은 어둠이 스미기 시작했고 차례로 놓인 패들은 무슨 요술이나 부리듯 숨어 있던 그림들을 겉장으로 밀어 올렸다

　그의 솜씨는 훌륭했고 의도했던 대로 끗수를 내보였다

　그의 끗수는 정확히 아홉 끗을 말해주고 있었다.

　단지, 석장의 패로는 완전수를 약속하지 못한 채로…….

식구통 전상서

놓지 마라
곳곳에 놓인 덫
한때의 유혹을 참으면 그뿐
가볍게 던지는 눈빛으로
몰아내지 마라

들판의 낟알을 주어먹고
어쩌다 썩어 버린 생선 한쪽이라도
물고 돌아가는 구멍 속

여윈 살 저며 주고 싶은 허기는
거미줄 문가에 기다림으로 서있고
등 굽은 달빛만이 빈 독을 채운다

한낮이면 어떻고 깊은 밤이면 어떠랴
길가에 걸어채 뒹굴어도
순한 눈빛 하나 재울 수 있다면
밟히고 걸어 채인 몸뚱이, 춤이라도 추고 싶다.

골목길

때로는 희미하게 보이는 불빛보다
완전한 절망이 희망을 품어낼 수 있다는 것을
우리는 알지 못한다
생각해야 할 명분도 두지 않고
그저 어둠을 탓할 뿐

그러나 알리라
좁은 길을 걷는
저 어깨의 부딪침이
살아 있어 느끼는
생에 반려임을…….

제비집

새벽시장
숨 가쁘게 달려온 트럭 한대가 멈춘다.
어디선가 기다림을 지키던 허리 굽은 병정들이
하나 둘 모여들고
기다림의 눈빛들을 더욱 빛나게 할
트럭의 뒷문이 열린다.

허접한 쓰레기와 박스 쪼가리들이 바닥에 쏟아진다
언제였을까?
가문 고갯길을 넘으며 지천으로 피어있던
조팝꽃 꽃잎을 고봉밥으로 먹던 시절이

무게도 없는 박스 쪼가리를 챙기는
갈퀴 같은 손등 위, 이른 아침빛이 한가롭고
힘에 부친 듯 끌려가는
케리카가 넘어질듯 위태로운 골목길 안
깔세 방* 문지방 앞에
늙은 암제비 한 마리가 긴 목을 내민다.

*깔세 방 : 한 달씩 미리 선불을 주고 사글세를 사는 방.

43

국경 없는 마을

그곳에 서면
낮달은 언제나 반쯤 쓰러지고 있었다

어깨를 부딪치며 걷다가 잠시 멈춘 자리
이국적인 눈동자 하나
수 만 킬로미터나 떨어져 있을 고향 하늘을 보고
잊었던 아늑함을 찾아 허튼 걸음을 옮긴다

어쩌다 철새의 날개를 잡아
날아온 길
부러진 새의 날개는
날아야 할 필연 앞에 밀랍의 비상을 꿈꿀 뿐,

전선줄로 빗금 친 하늘에는
허공을 찍는 빈 발자국들만 어지럽다.

못

단단함으로 버틴다
안으로 삭아 물들일 수 없는
신음 한 번 뱉지 못할 심장이라도

때려야 하는 너의 필연 앞에
내가 남겨야 할 것이 있다면

너의 깊숙한 곳에 두고
그냥 구부러져 녹슨 흔적일지라도

한때의 꼿꼿했던 이름 하나
울음으로 삼킨다.

권대용 옹과 이쌍감 할매

대용 할배가 40십 리를 걸어 읍에 나와 본 것은
생애 두 번째다

열여섯에 시집와 딸 둘 아들 셋 낳아 제 짝을 이우던 날도
세상사람 무섭다며 굽이진 골짜기에서 머리를 얹어주었
는데,
땅만 파던 세월에 삼 년 전 쓰러진 아내
쌍감을 안고 병원 찾아든 것이 첫 번째고

삼 년이란 긴 시간을 반신불수 누워있던 아내가
처음으로 입을 연 순간
언제 먹어봤다고 육 고기를 찾을 때
대용 할배는 사십 리 길을 한달음에 달려 읍내에 도착했고
육 고기 두 근 꼬깃꼬깃한 지전과 바꾸어 돌아서는 할배
에게
푸줏간 주인은 땀이나 식히고 가라며
막대 꽂힌 아이스크림 하나 건네줬다

보리밥 푸성귀에 된장국만 먹던 대용 할배 입안에서
듣도 보도 못한 아이스크림은 폭염에 녹아드는 쥐악상

추처럼 감미롭고
  꼼짝없이 누워 있는 아내가 오줌이나 지리지 않았을까?
  40십 리 구비 길을 허둥지둥 달리는데
  한 손에는 검은 봉지 하나 단단하게 들려있다

  먼 산 아래께 위태한 초옥이 눈에 차고
  한 걸음에 들어선 방 안
  누워 있는 아내의 수줍은 웃음 앞에 대용 할배는
  검은 봉지를 자랑스레 내놓는다

  "임자, 이것이 말로만 듣던 아이스크림이라 하는데 함
먹어보소!"
  대용 할배의 부축으로 방 벽에 기대앉은 아내는
  더듬한 손길로 봉지를 열어
  나무젓가락 같은 막대 두 개 꺼내 고개를 기웃거린다.

  그랬다!
  쥐악상추 같던 아이스크림은 온데간데없고
  봉지 안에는 다 녹아버린 빈 막대만
  끈적끈적한 단물에 엉켜 있었다

아내의 입 꼬리가 슬몃 올라간다
초례날 밤 열여섯 아내의 입가에도
저런 웃음 있었던가? 대용 할배 입가에도
벙긋벙긋 허 웃음이 돈다.

길

모든 것은 평행이다
굽은 나무 가지를 돌고 돌아 오르는
민달팽이의 하루

나무를 오르는 것이 아니다
이파리마다 숨어있는
햇살이 그리울 뿐

폐경

만선의 꿈에 지친 어느 날
마지막 닻줄을 내린 낡은 선미에는
늙은 작부의 입가에 번지는 메마른 미소가 머문다.

홀로 여위어가는 갯벌 위
굳은 살 박힌 그림자들 서로를 지켜보다
허리를 편 숫자만큼이나 안고 나오는 한숨 소리

하루를 걸러내는 어둠살 저 어디쯤
홀로 지켜내야 하는 빛 한 점이
열여섯 살 계집아이의 초경처럼 붉다

어느 겨울

생이라는 것
돌아보면 얼마나 황량하고 을씨년스러운가?

우리는 그 절대의 고도에서 벗어나려고
사랑을 하고
그리움을 키우고
서로를 닮아가려고 한다.

그러나 다시 생각해보면
절대적인 혼자임을 부정할 충분한 증거를
갖고 있지 못하다는 것이
더 절망스럽지 않은가?

바람도 없는 들판
높이 걸린 하늘

빈 낮달만이 여윈다.

비트

차 키를 비틀자
쿨럭 쿨럭 기침이 터져 나왔다
종일 살얼음을 밟던 물잠뱅이 같은 걸음이
비로소 허공에 두 발 띄우고 잠시 숨을 몰아쉰다.

반 모금의 숨을 뱉어내는 순간
어디서 날아왔는지
경쾌한 클랙슨 소리가 등덜미에 와 꽂힌다.
뱉어내지 못한 반 모금의 한숨을 안고
서둘러 클러치와 가속 페달에 발을 얹는다.
스멀스멀 몸 밖으로 기어나오는 충동의 애벌레들
발끝에 힘을 모으면
먼 곳 적색 신호등과 물방개의 꽁무니에 반짝거리는 빛,
모두가 붉은 빛이다
약속한 그 무엇도 없이 멈추는 숨결
삼켜버린 숨결이 11번째 등뼈를 타고 오르는 순간
멎는다.

고목古木

미안하다는 말
차마 두고 싶지 않다
한 마디씩 자라나는 질긴 뿌리로
너라도 으스러져라 안아

저 높은 가지 끝
가벼운 흔들림을 줄 수 있다면

변증법

짙은 허무의 덤불에서
가장 빛나는 한때를 상기한다.
모든 것이 쓰러지고 모든 것이 일어나는 순간에도

별이 빛을 내는 이유가 있다면 수없이 많은 사람들의
영혼이
하나의 결정으로 모인 까닭일 거라는
상투적인 변증법이 더는 감동의 시대가 아닌
광속의 질주 앞에서 무엇을 빛이라는 이름으로 하늘에
걸어둘 것인지

초록은 권태의 극이라고 했던 선구적인 천재 시인에게
꽃 한 송이를 바치는 방종함은 범하지 말자

대립과 대립의 모순된 구조 앞에 시간은 늘 불변의 법칙
으로 존재하고
어느 깊은 산속에서 아직도 명맥을 유지하고 있을 저 가
녀린 떨림 앞에
작은 감동의 파장을 불러일으킨다면
오늘 내가 살아가는 이유가 될 수 있을 거라는 구차한

변명이
　어둡고 습한 골목길로 이제 막 걸음을 옮긴다

　하늘 끝에서 작은 미동이 인다.
　생성의 비밀을 알 수 없는 바람의 몸짓
　가로진 전선줄에 한 마리 새가 앉아 있고
　저 새가 어디로 날아갈지 짐작할 수 없는 한낮의 끝
　후드득 날개를 터는 저 새와 같이
　내 생의 가련한 꽁지도 날개를 턴다.

제3부

섐이라는 이름

헛 무덤

누가 알았을까?
저 멀고 먼 날
더는 허물지 못할 세월이 무덤을 만들어간다는 걸
미치도록 좋은 날
수줍게 다가온 현기증이 일렁이다 사라진 순간
표피를 뚫고 솟아오르던 절정의 몸부림이
거부할 수 없는 네 안의 분출인 것을

찾아드는 손길
잃어버린 길 위에서 얼마나 또 헤맬까?
하늘 한 자락을 움켜쥐고
던져버리고 싶은 욕망이 두렵지 않던 한때
스치는 손길은 흔적 없는 상처를 남기며
비명 소리는 이미 먼 바다를 향해 달려가고
오늘 늘어진 권태 앞에 목 놓아 우는
폐경의 만찬

누가 보아줄 단단함의 한때를 기억할까?
두 개의 무덤을 가슴에 안고 다니는
슬픈 역사를…….

먼 곳, 불빛

스스로 섬이 되고픈 반란을 꿈꾼다는 것은
위험하다
놓아질 수 없는 것들과의 이별에 대한 연습
등 돌리는 것이 전부라고 믿는 것은
불온한 사상의 모태일 뿐,
피해갈 파도와 바람은 마주 오지 않는다

소리를 가르며 다가오는 어둠의 항로 위
스스로 조난을 꿈꾸는 배 한척이 잔물결에 흔들리고
저 멀리 누군가 빛 한 점을 내걸 때
생명을 등에 진 어둠의 채찍이 걸음을 후려친다

굽은 허리와 관절마다 박힌 깊숙한 신음소리는
아직도 더 살아내야 할 모질고도 질긴 삶의 외침이고
내일의 빛 한 점을 빌려오는 빈 손짓에
차가운 달빛이 모로 눕는다

함정

도처에 숨어 있는 함정은
얼마나 음흉하냐.
대가를 취하기 위해 미늘을 감춘 미끼나
기억도 아스라한 골목길의 중간에
얕은 웅덩이 하나 파놓고
잔 나뭇가지와 마른 흙으로 덮어둔
앙증스런 전율이 팽팽하던 느낌

생의 몰락을 꿈꾸던
짧은 몸부림의 시간들 또한
얼마나 황홀하고 음흉하냐.
누구도 놓아두지 않았다고 하는
깊숙한 절망의 끝
오늘도 한 걸음씩 함정을 향해 걸어간다.

오래된 벽화

그림을 그리는 그의 손은 가벼운 경련을 일으켰다
오방색을 찍어 한 점 한 점 선을 이어가는
그의 마음속에는 미래에 대한 두려움으로 가득 찼고
까마득한 어느 날에도
그의 그림이 선명함으로 남아 있길 빌고 또 빌었다

그리고 가늠할 수 없는 세월이 흘렀다고 느낀 어느 날
그는 긴 잠에서 깨어나듯 눈을 떴고
수없이 많은 사람들이 거리를 활보하는 것을 볼 수 있었다

그는 눈을 뜬 것을 후회했다
아니 절대로 뜨지 말아야 할 한 번의 눈 뜸이
그가 눈감고 있었던 오랜 시간보다 더 무서운
암흑 속으로 그를 밀어 넣었다

세월의 풍화작용으로 색이 벗겨진 벽화
그리고 그 벽화 속에는
그가 그리도 지워지지 않기를 바라고 바랐던
사람들의 얼굴과 가슴들이
오방색의 선명함으로 담겨 있었다

배반의 미학

사납던 꿈 밭에서
잡초와 돌무더기 나르면서
무겁다 무겁다 어깨를 내려놓네

냉수 한 모금과
불어터진 면발 한 그릇이
하루를 거머쥐고

돌아와 눕는 잠자리엔
먼저 와 누운 신음소리가
귀 옅고

이제야 용서의 낯빛으로
마주 누운 너를
바람 소리 넘나드는
늑골 사이로 채워본다

늦은 참회

문을 열고 들어선다
봄이라고 하긴 너무도 이른 4월
냉기는 방문을 떠날 줄 모른다
소리도 없이 떠나간
스물 한 살의 조숙한 딸은 고시 방 어느
한 귀퉁이에 몸을 뉘었을지?

희미한 달빛은 손님처럼 찾아들고
곤한 잠에 취한 아내는
물푸레나무처럼 땀을 흘린다

몹시도 서러웠을까
흐느끼는 소리는 울음보다 더한
비명으로 흘러나오고
서둘러 방문을 닫는다

미안하다 아내야 딸아
원죄의 반성이 아무리 깊어도
벗을 수 없는 늙은 가죽이
오늘도 새벽잠이 들어야 하는 것이…….

가면

눈을 뜬 시간은 언제나 5시 30분에 고정돼 있다
조금은 뻑뻑했던 안구건조증이 침전의 샘물에 담가 두
었던 것처럼
말끔한 느낌이다
서둘러 세면장으로 들어서 양치질을 끝내고 세수하다
문득
고개를 든 순간
언제나 마주보는 눈빛이 어제의 조소를 담고 마주 본다
얼굴의 물기를 닦으며 수건 안으로 빨리 숨는 내 얼굴의
물 막 한 꺼풀을 느낀다

수건걸이에 걸린 내 데스마스크는
얼마나 긴 기다림을 가질지 모르는 일이다

늦은 시각 비척거리는 몸뚱이가
서둘러 문고리를 잡고 매연 한 움큼을 토해 놓는 시간
종일 매달려 있던 데스마스크가
비틀어진 웃음을 지어 보인다.

오래된 길

나는 기억하려 한다.
어둡고 축축한 그대들만의 동굴 속으로 함몰해간
영원한 세계 그 이상향을,
깊은 날
밟히는 신음 소리 한번으로 온갖 아픔을 대신하고
쓸쓸함 속에서 걸어 나와 하얗게 미소 짓는
그 웃음 한번을

함부로 안은, 너무도 푸른 하늘에는
아직도 그리다 만 그림만이 어지럽게 누군가의 가슴을
기다리고
열십자로 못질을 당한 문 앞에는
끝내 잠들지 못하는 비명 소리만 휘청인다.

어느 봄날 미처도 좋을 햇살이 쏟아지면
다신 온다는 약속도 없이
즐겨 맞이하고 싶은 간절함 속에서
오늘 부르는 저 낮은 노래가 벽과 벽 사이를 뚫고
송신탑 위 한 마리 새로 날아오는 날

숨어서 때를 기다리던 오래된 벗들은
온 세상에 청죽으로 솟아 바람도 곱게 펴 줄
깃발을 잡아 주리라
주사보다 더 붉은 그대 시인이라는 이름자를…….

낮달

모든 것이 그립다.
놓고 싶지 않은 깊은 포옹도
잡고만 싶었던 눈빛도
막아서고 싶었던 팔 벌림도

거리마다 소리 없는 빛이 길을 밝히고
바라 볼 그리움의 대상을 놓쳐버린 눈길은
어디에도 두지 못한다.
그리움의 촉 하나씩 꺼내 하늘에 쏘아 올린 마음은
누구라도 그리워해야 할 별 하나로 뜨고

풀어도 끝이 보이지 않는
기다림의 끝
망망한 대해를 덮고도 남을 연비戀悲의 깃을 어디에서
접을지
돌아서야만 하는 발길의 깊이는
패인 자국마다 가슴을 열며 나오는 신음 소리로 채워지고
멀어지는 등 그림자는 그대로 굳어 뿌리를 내린다.

묵혔던 소리 열어 하늘이 무너져도 좋을 울림을 토해
단 한번이라도 돌아서는 걸음 멈출 수 있다면,
희미해지는 낮달의 그림자를 비어진 가슴 한쪽에 채어
넣는다.

어둠은 용서의 몸짓으로 다가오고
재워야 할 서성거림은 바람이 달래며 다독이는 불빛
누워버린 싸늘함은 일어서기를 마다하고
가슴을 데워 뜨겁게 떨어뜨린 물방울 하나가 별이 되는
순간
생의 너머 저 어디쯤에서 참고 참았던 울부짖음이 들려
온다.

제 몸에서 자라 제 몸을 뚫고 나와 스스로 키운 가시에
찔려
접동새 목안에 담겨있는 소리, 소리로.

눈물

빗물에 둥둥
물방울 하나 떠간다.

어느 모퉁이 돌며
휩쓸리다가
순간 한 방울이
튀어 오른다.

인화人花

네가 스스로 피어
스스로 남는데
내 가슴에 가시가 돋고
내 가슴이 피 흘린다.

하나의 이름을 달기까지 너는
그저 의미만을 담고 살아내는
이름을 달지 못한 풀이었을 뿐

오늘 가볍게 불려
어린 아이의 앙증맞은 입에서
긴 숨결로 살아나는
오늘의 너는 꽃이라는 이름

한 번의 웃음을 위해
얼마나 시린 홀로임을 견뎠을까?
꽃아 스스로 피어
꽃으로 남기까지…….

바람의 몸짓

제 몸 하나씩
흔들고 가는 바람결에 주고
돌아올 약속도 없는 기다림을 세우다
가지 끝에 웅웅거리는 망설임을 본다.

끝내 돌아서지 못하는 빈 손짓,
허공에 남겨진 발자국을 지우고 싶은
마지막 날갯짓도 퇴화에 순응하고

허물어진 담벼락을 향해
머리 세워 한순간보다 더 빠른
시간의 한때를 갈라간다.

누군가 활시위 당기고
빈 활시위는 비명도 없이
하늘 가득 붉은 물감을 풀어 놓는다.

겨울 나비의 꿈

저마다 길을 내어
저마다 길을 간다

휘는 가지 끝
매달리고 싶었던 한때의 목매임을
그림자 하나 뚝 떨구듯

울음소리
시린 맨발을 담아
오늘도 낯선 길을 간다.

외등 밑
누군가 세워 놓은 기다림은
바람도 없이 흔들리고

단단한 껍질 속
한 번의 서툰 희망이
잦아드는 슬픔을 자를 때,

나비의 춤을 닮은
허공 속에 길을 낸다

저마다 길을 내어
저마다 길을 가듯

살아 있는 모든 것은 흔들리는 것이다

저마다 뿌리를 내리고
푸른 정맥으로 돋아 하나의 잎을 키워

이따금 찾아오는 낯선 바람결에라도
아낌없이 던지고 싶은,

어둠 속에서

독한 술을 가슴에 붇는다.
제멋대로 자란 가시 꽃 하나
더는 반겨 맞지 않을 캄캄함 속에서
빛나던 상처를 감춘다.

달리고만 싶었던 한때의 욕망조차
거친 들판에서 맴돌고
가장 긴 아름다움을 숙명처럼 받아야 하는
상처로 얼룩진 단발마의 비명.

노련한 사냥꾼의
과녁을 꿰뚫는 화살처럼
치유할 수 없는 흔적이
오늘도 바람을 맞는다.

모든 것은 소멸의 길을 걷고
너는 잊으리라
아름다웠던 형극의 길조차…….

5월 어느 날

5월의 어느 날
비명碑銘조차 새길 수 없는 죽음을
가슴에 묻었습니다.
햇살보다 더 곱던 미소와
이슬조차 부끄럽던 눈빛은
아직도 문 밖에서 서성이는데
차마 부끄러운 용서마저 등을 돌립니다.

어느 땐가 기억의 회랑回廊 속에서
낫 한 자루 손에 들고
무덤 속으로 찾아들지…
떼조차 입히지 않은 황량한 무덤 위로
한 줄기 비가 내립니다.

5월의 어느 날
비명碑銘조차 새길 수 없는 죽음을
가슴에 묻었습니다.
투명한 햇살 속에는 슬픔이 녹아내리고
화석처럼 굳어진 가슴 속에는
마른 바람만이 제자리를 맴돕니다.

어느 날 어느 땐들 그대의 무덤을
기억하지 아니할까마는
이명처럼 울리는 웃음소리는
오랜 세월 속에서도 흩어지지 않는
빈 바람소리입니다.

제4부

가장 슬픈 종족이 살다간 별에서 보내는 편지

닫혀 있는 문 앞에 서서

가라, 모두 다 가야 한다.
내 어머니 어머니의 가슴속에는
찬 서리 한줌으로도 소박한 사랑을 키우지만

가라, 모두다 이 땅을 떠나야 한다.
이슬을 받아 삼켜 독즙을 만드는
등 뒤에서 총 쏘는 비겁한 정의는 가라

어쩌다 병이 들어 속살 드러내고
절뚝거리며 걷는 파지 줍는 국 씨의
가슴속에도 너희들의 정의는 없다.

일사 후퇴 때 내 아버지는
때려죽여도, 찢어 죽여도 좋을 폭력 앞에
전우의 죽음을 넘으며 맹세했다.
잘려진 팔다리 감겨진 눈을 찢어 뜨고라도
소박한 이 산하를 지키리라고…
너희들은 잠시 머물다 가는 손님이다.

가라, 너희들은 떠나야 한다.

천박한 정의로 무장한 흉포한 웃음을
이제는 원치 않는다.
관 속에 누운 내 아버지와 어머니의
소리침이 들리지 않느냐?
가라, 이제는 정말 떠나야 한다.
다시는 보고 싶지 않은 이방인들아!

비겁한 정의를 내치며
생살 저미고 가슴 찌르는 창검 앞에서도
굴하지 않을 것이라 했다.
바람을 찢는 총알 앞에서도 한 번도 꺾이지 않을
무릎이었다.
느닷없이 멱살 잡혀 머리채 흔들리고 내동댕이쳐진
비명 속에서도 한 번도 흘리지 않을 눈물이었다.
손톱 발톱 가슴을 물어 뜯겨도 웃을 수 있었고
관속에 누워 못질을 당하는 순간에도 웃을 수 있었다.
죽어 땅속에 묻히는 순간까지도 웃을 수 있었다.
그러나 오늘 나는 비굴한 삶을 보았고 비굴한 웃음을 보
았고
비굴한 웃음 뒤에 감쳐진 비굴한 정의를 보았다.

이름을 부르며…

― 지상 어느 곳에 존재할 마지막 천사를 위하여

가녀린 숨결을 모아 쥔 것은
바람도 없이 숨어든 햇살 탓이다
밤마다 건너야 하는 빛과 어둠의 디딤돌 위
강물보다 깊은 풀잎 하나 떠가고
불러야 할 소리는 벽과 벽 사이로 침묵한다.

삶의 한때 누군가의 손에 잡혀
목숨을 걸어둔 적 없었으랴
손끝에서 풀어 놓아지지 않기를

오랜 전설에 지워져 버린
그립다는 이름은
숨은 세월을 지켜가고
척박한 가슴과 가슴 사이로
달구어진 핏줄 하나 흐른다.

한 밤의 길이가 천 년의 낮보다 깊다는 것은
또 다른 생의 전환점이고
누군가 불어준 뜨거운 입김 하나 담고

허공을 차고 오른다

백 번을 죽고 천 번의 그리움이 와도
무른 살 비벼 어우러질 수 있다면
굽혀진 무릎은 오직
너에게만 허락된 의식이다

아기 각시

지하실 문틈으로
손톱만 한 손님이 찾아 들었다
누구라고 묻지 않았다

마른버짐 속에서 비틀어진 웃음이 새어나와
방긋 화사한 웃음을 지어 보이고
오래 묵었던 것들이 기지개를 폈다

눈을 돌린 사이 수줍어하던 손님은
조금 더 넓게 자리를 펴고
헤실거리는 웃음으로 가슴을 풀어 놓는다.

몽실몽실한 젖가슴 사이로
바람 한 줄기가 스쳐간다
무엇이었을까?
이 아련한 내음은…….

허리 아래

조금씩 여위어 갔다
소리치는 그의 음성이 산마루쯤 닿았다가
산허리를 돌아 내려오는 날들은 그리 길지 않았다
퇴행성관절염이 있는 그의 손가락 마디마다
움켜쥠은 힘을 더해갔고
핏발이 선 눈빛에는 새가 날아오기도
때론 폴짝거리는 개구리의 준비 동작이 머물기도 했다

평생 노름판과 밖으로만 돌던 지팡이는
문 옆에 세워진지 수삼 년이 지났고
한때는 반짝거렸을 그의 구두도 신발장 안에
잠든 지 오래였다

하지만 그는 늘 섰다판에서 손에 쥐던 화투장의 광만 짝
지으며
허공에 떠있는 손에 힘을 주었다

밤새 가위눌림에 눈을 뜬 어둠 속에서
힘겹게 허공을 잡고 있던 손이
끊어진 연줄처럼 떨어지는 것이 보였다

그제야 펼쳐진 손바닥 안

풍 껍질 한 장과 혹 사리 껍질 한 장이 손아귀를 벗어났다

저문 길 찾기

깊이를 모르는 깜깜함
떨어지는 것은 만유의 법칙 탓이다
그대 혹은 또 그대
한번이라도
낙수落水의 의미를 새겨 두었던가
외줄 타고 오르는 천길 낭하의 끝
여윈 별 하나 거뭇거뭇 자지러지고
눈 뜨는 새벽마다 삭은 몸 하나
물기 밴 세상 속으로 숨어든다

벼리

먹이를 꿰차고 놓아주지 않는 기형화된 문자는

 인류의 탄생 속에 유혹의 덫을 놓았고

 제 동족의 싸늘한 죽음 앞에서조차 하나의 물음표로 남을 뿐

 냉기와 온대 사이를 헤엄치는 현란한 불빛은 탄력 좋은 줄을 감는다

 한낮의 길이와 한 밤의 길이에 맞게 끼어진 가느다란 부표는

 어둠, 혹은 눈부신 햇살 아래서 한 세계를 증명하고

 탄소의 질긴 긴장감 위에 저마다의 세상을 담으며

 낙화의 몸부림을 하는 것이다

 대물이었다, 카본대가 휘어져 반원을 그리고

 배곯은 식어 한 마리 제 목젖 깊숙이 뱉어내기 싫은 종생의 덫을 물었다

 후회는 언제나 한발 뒤에 서있고

 뒤틀리는 창자 안으로 싸늘한 바람이 가득 찬다

 열다섯 자 반의 어둠 속, 한 뼘씩 감기는 지상의 욕구는

 배속의 부레를 토해내고도 연명할 수 없는 초점 잃은 눈동자에 머물고

 퇴적의 강가에 묻힌 통점들이 하나 둘 잠에서 깨어난다

권태

섬은 매양 묶여 있는 것이다
때론 정강이 걷고 첨벙첨벙 저 흔한 물결을 따라
빛을 모아, 소리 지르는 아우성의 한복판으로
기어오르고 싶은 섬은 매양 묶여 있을 뿐이다

한 번도 걷어진 적 없고 내린 닻 한 번 없이
흔들리는 물결 위에 그저 떠 있다는 이유 하나만으로
섬이라는 이름으로 불릴 뿐, 길게 울음을 삼키는 통속함은
떠다니는 자의 몫으로 두고 어쩌다 길 잃은 기러기 하나
품어낼 수 없는 피폐한 늑골만이 소금기로 말라
딱딱한 헉헉거림만이 유일한 생존이다

한 번도 마주할 수 없는 기적
어떤 죽음 하나 뭉그러진 몸 비벼 오는 것이
내가 기다리는 기쁨의 유혹인
너는 그저 섬이라는 것

살아 있다는 증표 하나로
날마다 닻줄을 내려 건져 올리던 텅 빈 어망 속에는
흔적조차 없는 푸른 잔영만이 흘러내리고

오늘도 흔들림 걸 수 있는 항구를 기다리는
너는 그저 매양 묶여 있는 섬일 뿐이다

뫼비우스의 띠

쪽문을 나서는 시간은 정확했다
궤도를 이탈하지 않는 우주의 항로처럼
문턱을 넘는 순간, 불변의
원심력은 균형을 잃고 비틀거린다
왼발의 균형을 잡기도 전
어제는 없던 허방 디딤이 오른발에 느껴지는 것도 잠시
낡은 구두 수선공에게 삼천 원 들여 밑창을 기운 작업화는
철길 건너 낡은 건물의 이발소를 지나며 빙글빙글 도는

원의 중심을 잡으려 심호흡한다
우주 정거장에 불이 켜진 것은 그때였다
중세의 계단은 작업화의 비틀거림에 외마디 비명을 질
러대고
가쁜 숨결이 서둘러 공간이동의 위험을 경고한다
냉기와 어둠만이 존재하는 대기권 밖, 창 하나의 사이로
수족관의 탁한 산소량이 가시고기들의 눈빛들을 체념으
로 몰아가고
돌아서는 등 뒤 어느 별에선가 보낸 발신음이 궤적을 이
탈한
움직임을 멎게 한다

"좌표 2009점 2다시27, - 공오점. 45 막부 셋 투하 요망"

그리고 이어지는 낮은 호명과 산소마스크의 필요성을 외면한 용병들이

대기권 밖을 향해 돌진을 시작한다

매몰

삼 미터 또는 육 미터 더러는
공간의 여백을 두고
빛 한 점씩 깜박인다

세상을 떠돌던 혀 한 조각이
가슴을 헤집고
수많은 한숨들 속
질긴 끈 한줄 잡고 돌아온 시간

암쾡이의 눈빛은 살아 있어야 하는
아담의 숙명을 각인시키고
원죄를 짊어진 밤바다 앞에 선다.

높이가 다른 공간 위
느린 모스부호가 깜박인다
어디로 보내는 신호일까?

한 모금씩 생명의 아메바를 자르며 보내는
지상의 신호들,
추락은 손가락 사이를 벗어나면 그 뿐,

유성은 한때의 희망처럼 포물선을 그리고
모든 것은 침몰한다.

어디선가 빛 한 점 다시 내걸리고
수신되지 않는 신호의 끝
삼 미터 더러는 육 미터의 지상 위
젖은 그림자 하나 흔들린다.

이상
— 가장 슬픈 종족이 살다간 별에서 보낸 편지

인류 있어 가장 슬픈 인류라고 하던 그대의 슬픔은
이제 더는 신비함이 아니다
슬픔을 모르는 종족들이 모여사는 오늘의 이 거리에는
사하라 건너 태평양을 건너온 검은 빗방울이
피 한 방울 묻지 않는 총알이 되어 가슴을 관통하고

잔인한 생의 여정은 눌러야 할 비상벨이라도 있었다면
분에 겨운 행복이었으리
아늑한 동굴 하나 찾을 수 없는 21세기 반의 지층 속에는
바퀴벌레들만 난산의 진저리를 칠 뿐,
인류는 이미 슬픔을 몇 겹의 콘크리트 저장소 안에 묻었다

흘러간 유행가의 추억은 아날로그 채널 속에서만 살아
국립도서관의 한 모서리를 지키고
모든 것에 식상한 어느 평론가의 유치함이 슬며시 꺼내
보는
가면 속의 유희

박제로 남은 그대의 묘비명은

오늘도 어느 별에서 온 손님 맞을 준비를 하고
가로지르는 빗줄기 속에서 권태로운 시간을 지킬 뿐이다

노련한 사냥꾼은 두 번의 실패는 두지 않는다
19세기의 거리, 낭만이라 부르는 비가悲歌는
개조차 물어가지 않을 한숨 소리를 기대하지는 마라
표적은 엎드린 자에게 주는 최대의 관용일 뿐
오늘 너의 가슴에 또 내일 너의 가슴에
통증조차 무감한 총알이 뚫고 지나리라

들풀

맑은 종소리 물살을 타고 흘러 흘러 멈춘 곳
고사리 손 안에 불빛 한 점 밝혀지고
맞잡은 손과 손 사이로
빛 한 점씩 옮겨간다

갑오년 그 먼 날 어린 창자 채우기 위해
들판에 바람이 일듯
오늘 청계천에 들불이 번져간다

세종로 광화문 육의전 넓은 길에
발 굵은 비가 내리고
천진한 아가의 입술이 파랗게 떨린다

신록 짙은 어느 동산에 마주 앉으면
누이야 오빠야 그리운 사람들 뿐
너를 밀어 내딛는 내 걸음이
차마도 슬프단다

가슴을 열고 보면 모두 다
뜨거운 마음들 뿐

오늘 내리는 비가 이리도 차가운 것은

절름거리며 걷는 국國 씨의 탓이란다

지주회시 蜘蛛會試*

완벽한 거짓을 믿는다는 것은
낙타가 바늘구멍으로 한 세계를 왔다 갔다 한다는 소문
으로 떠돌았다
오랜 세월 연금술사들의 제련법은 언제나 비밀스럽고
해가 숨는 어느 날이
달과 해가 만나 하늘에 별 하나씩 탄생시킨다는
전설 같은 전설로 길은 그렇게 이어져 왔을 것이다

그리고 그 길 위
낯선 죽음 하나를 목도하고
신비함에 잠시 눈 감았다 뜬 순간
죽음은 길목마다 풍경처럼 매달려 있었다

누군가 소리쳤다
거미가 거미줄에 목 매 죽어있어요!
일상이 되어버린 거리의 풍경들은
건조한 바람들이 쓸고 지나고
조금 더 단단해진 두근거림은 돌아보는 후회를
두지 않았다

그리고 또 오랜 시간이 흐르고
풍장의 화려함들이 정지된 사물을 담고
별을 담고, 온 우주를 담는다는 것을 알았을 때
거미는 흔들리는 세상 그 중심의 절대자임을
누구도 부정하지 않았다

* 지주회시 : 1936년 6월 『중앙』에 발표한 이상의 단편소설. 거미와
돼지가 만난다는 의미.

사막에서

사막에는 언제나 비가 내린다
바다의 깊은 한숨이 토해 놓은 통증 같은
바람이 휩쓸고 지나간 후에도 비는,
초록빛 물감처럼 강물 한 줄기를 만들고
어둠이 스멀스멀 기어 언덕의 낮은 곳에 다다르기도 전
신기루의 형상 같은 꽃 한 송이 피었다 지게 한다

권태의 극에 달한 익숙함이 부르는 저 경계의 끝
어둠과 빛이 만나는 것은 평면의 세계가 보여주는
마지막 유회일 뿐, 사막에는 천 년에 한 번, 혹은
만 년에 한 번 메마른 바람과 햇살이
광속의 질주 음으로 스쳐간다

언제였던가?
방울뱀의 소리는 전설의 투사가 내는 비명으로
흩어지고
그림자 없는 발걸음이 어둠의 기둥으로 서있던
무변의 시간 속

켜켜이 쌓인 시간의 지층은 거대한 구릉을 만들고

저마다 지고 온 물혹 하나씩을 떼어
동그란 몸을 말아 숨는 낯선 지상 위

더딘 걸음 하나
오래된 길 위에서 멈추어 있다

명제

삶이 두려운 것은
언제나 오늘이라는 까닭이다

모든 것에서 바람의 향기가 품어지고
앞서 걷는 시간들

오늘밤
가슴에 또 문 하나를 만들어
달아걸고

주머니마다 쌓인 열쇠는
제 짝을 찾지 못하고
저마다의 소리로 울 것이다

장마

토닥토닥 함석지붕 위로 내리던 빗줄기는
여름 내 막노동에 지친 아버지 허리에
게으른 두드림으로 이어지고

함지박 떡고물이 쉰 냄새를 풍길 때,
십 리나 먼 길부터 잦아들지 않는 빗소리는
맥 놓은 내 어머니의 한숨을
미닫이 문 앞 냇가에 실어가기도 했다

그런 날이면
아버지에게서 나는 독한 댓진 냄새가
어미의 젖은 살 냄새가 좋아 오송송 닭살 돋는
빗소리가 그저 좋았던

어디선가 들려 올 듯 늙은 사내의 한숨 소리와
혹은 날로 굳어가는 무릎을 펴는 어느 아낙의 신음 소리가
오늘은 문득 팽팽한 요의를 느끼게 한다.

해빙기

누가 열어 놓은 길인지
드문 사람들이 오고 간다
아침이라기엔 꼭 좋은 것이라고 느낄 수 없는 시간
익숙한 걸음 하나 멈추고 체념의 눈빛이
압제되었던 시간 풀듯 자물쇠를 연다

세상이 열리듯
셔터를 들어 올린다
엎드려 드러난 허벅지가 눈길을 끄는 것도 잠시
깨금발 들어 유리문 위에 키를 꽂아 넣고 돌리자
이내 철걱거리는 소리와 함께 문이 열린다

밤새 감지 못한 눈으로 시야의 범위만큼 지켜냈던 마네
킹은
꼭 그만큼 높이의 풍경을 잡아들이고
유리창 가득 홀로그래픽을 연출한다

지나는 걸음마다 한 번씩 주고 떠나는 눈길
시야를 벗어난 눈길은 볼 수 있는 곳과 보지 못하는 곳
그 어디에도 닿을 수 없는 새들의 족적을 쫓고

한 계단 높이의 절망이 투신을 꿈꾸는 하루
거기 그 하루의 창에 무심한 햇살이 비쳐든다

인간 회복의 꿈,
소외된 존재들에 대한 슬픈 비망록

박성민(시인)

백성민 시인의 제3시집인 『워킹 푸어』는 우리 시대 상처받은 영혼들에 대한 기록이다. 그는 1989년 첫 시집 출간 이후 노동의 고단함과 현대인의 소외 문제를 일관되게 써온 시인이다. 그늘진 존재들에 대한 비망록이라 할 수 있는 시집 『워킹 푸어』는 비극적 정서로 충만하다. 자본주의 삶에 지친 도시노동자의 비애, 가난에 찌들어 꿈마저 잃고 사는 현대인들, 유곽의 여자 등 소외된 공간을 배경으로 하면서 그의 시선은 비정규직 및 일용직 노동자, 늙은 창녀, 신발 수선공, 순박한 시골 노부부들의 삶을 향한다. 상처로 버무려진 영혼들을 고요히 끌어안고 어루만지는 그의 시편들 속에는, 비상구가 없는 통로를 바라보는 시인의 도시노동자로서의 절박함이 묻어난다.

"문학의 본질은 사회 참여"라고 했던 샤르트르의 말처럼 '예술을 위한 예술'은 전세기 부르주아의 근사한 방어책일지도 모른다. 이 시집은 박노해, 백무산, 박영근, 정인화, 김해화, 김기홍, 박영희, 김신용, 이소리, 최석 등 구체적 현장성을 바탕으로 인간다운 삶을 노래했던 1980년대 노동시의 맥을 잇고 있다. 민중시, 좀 더 좁혀서 말하자면 노동시는 1990년대에 이르러 서서히 퇴조하면서 자기 전복적 성찰과 생태학적 상상력, 새로운 서정 쪽으로 길을 트고 있다. 그런데도 불구하고 아직도 이 시집처럼 노동시를 써야하는 이유는 무엇일까? 이 질문은 '우리 사회에 열악한 작업환경, 사회구조의 모순과 불평등은 완전히 휘발된 것인가?'라는 또 다른 질문이 답이 될 수 있다. 아직도 민중의 삶을 억압하는 현실적 모순은 합법적이게, 그리고 더욱 '세련된 모습'으로 존재하지 않는가?

백성민 시인의 시 속에는 트라우마trauma, 혹은 상혼傷痕이 짙게 깔려있다. 엠마뉴엘 레비나스Emmanuel Levinas의 말처럼 내 밖이 나보다 크다. 타자他者는 나보다 언제나 크고 높고 나보다 우선하므로 인간은 타자와의 관계에서, 또는 타자가 만들어낸 외부세계의 억압적 상황에 의해서 상처받게 마련이다. 이 상처는 시인이 노동자로 살아오면서 체험한 그의 살갗에 깊게 각인되어 있다. 상처는 숨기는 것이 아니라 상처 스스로가 숨는 것이다. 시인은 자꾸 숨으려 하는 자기 내부의 상처를 찾아내어 그것을 정화시킴으로써 스스로 치유하려는 자라고 볼 수 있다. 이러한 치유방식으로서 백성민 시인은 독백적인 어조를 취하는 경우가 많다.

백성민 시인은 엄숙함, 따뜻함, 논리력을 모두 갖춘 시인이다. 공자는 『논어』에서 이 세 가지 모두 갖춘 사람을 삼변三變이라고 했다. 세 번 변하는 사람이 진정한 군자라는 것이다. 멀리서 바라보면 엄숙하고, 가까이 다가가서 보았을 때 따뜻함을 느낄 수 있으며, 말을 들어보면 정확한 논리가 서있는 사람이 바로 백성민 시인이다. 백성민 시인의 시는 생의 철학, 생활인의 시라고 할 수 있다. 시인 백성민에 있어서의 삶은 바로 시를 의미한다. 그만큼 그의 힘겨운 삶은 절실한 시로 형상화되고 있으며, 그에게 있어서 산다는 것은 이 세상의 고통을 짊어지고 힘겹게 생의 사막을 걸어가야 하는 것이다.

고삐 쥔 손이 흔들릴 때마다 두려웠다
푸른 초원이
신기루라고 모두 손 사래질 할 때도
목숨 하나씩 담고 건너야 하는 고비사막
난생 처음 등에 맨 혹 하나 떼어
녹슬어 무딘 칼로 열십자 길을 낸다

사막의 모래 폭풍은 잠시의 길마저 지워버리고
돌아나갈 길마저 잃어버린 이곳은 툰드라의 고원

어느 편협한 사상의 절름발이가
이 낯선 곳을 찾아올까만
바람은 태고의 몸짓으로 생명의 씨앗을 실어 나르고
단단한 가시로 잎을 틔운 천형의 그림자만
냉엄한 햇볕 아래 꿋꿋하다

전설로만 남은 65센티미터의 거대한 족적은
전설보다 긴 이야기일 뿐,
타클라마의 무덤은 생명을 위해 준비된
마지막 여행지다

　　　　　　　　　　　　　　—「낙타의 여정」 전문

낙타는 우리 사회의 소외된 삶을 상징한다. "목숨 하나씩 담고 건너야 하는 고비사막"처럼 기댈 곳 없는 고달픈 삶의 사막, 그것이 낙타의 길이다. "난생 처음 등에 맨" 자신의 혹을 짊어지고, 육체적 정신적인 불모상태인 사막을 낙타처럼 혼자 걸어야 하는 현대인의 고독. 푸른 초원은 신기루일 뿐, 잠시 보이는가 싶었던 길도 모래폭풍에 사라져 버리고 크나큰 망토 같은 모래능선의 주름만이 낙타의 눈앞에 서있다. 열사熱沙의 땅과 영하 60도를 오르내리는 혹한의 땅, 툰드라는 인간 존재를 비소하게 만들며 자기 자신의 고독한 내면을 들여다보게 만드는 외적 상황이라는 점에서 상반된 것 같지만 실상은 동일한 자연환경이다. "돌아나갈 길마저 잃어버린" 사막에서 "천형의 그림자"만 바라보며 걸어야 하는 삶, "신기루의 형상 같은 꽃 한 송이 피었다 지"(「사막에서」)는 희망과 절망의 교차지점에 서있는 삶, 백성민 시인에게 삶은 사막을 건너는 일이다. 그것은 다음과 같은 시에서 여실히 드러난다.

그가 눈을 뜬 것은 새벽이 채 잠에서 깨지도 않은 시간이다
그의 자리 한 뼘 너머
행여 곤한 잠 속에서 불러내고 싶지 않은 미지근한 온기가
어둠처럼 웅크리고 있고
숨을 참아가며 방문을 연다

방비할 틈조차 없이 밀고 들어오는 싸늘함
쪽마루에 디딘 발끝이 등덜미를 후려치고
움츠려드는 어깻죽지가 진저리를 치다
마주치는 별빛 하나가 푸근하다

열고 닫을 문조차 없는 행색뿐인 부엌살림은
알전구 하나에 호사스럽고
어젯밤 남겨두었던 찌개냄비에 물 한 컵과 소금 한 수저 풀어 넣는다

으깨진 두부 몇 조각과 신 김치 몇 조각이
기름기 하나 없는 창자 속을 채우는 것도 복이라고
야무지게 다지는 가슴 한구석이 축축하게 젖어온다

수삼일 전부터 고기 한번 먹고 싶다고 투정질 하던 어린 아들놈에게
운수 좋아 품삯이라도 후하면 비린 생선 한토막이라도 사다 먹여
야지 하는 생각은
눅눅한 웃음 한편을 물들게 하고
개다리 상을 들어 늪 속 같은 방안으로 밀어 넣는 등덜미가 써늘하다
—「워킹 푸어」 전문

이번 시집의 표제작이기도 한 「워킹 푸어」에는 시인의 자전적
인 삶이 녹아있다. 새벽에 곤한 잠에서 깨어나 떠지지 않는 눈을
비비며 일하러 나가야 하는 화자의 삶. "움츠려 드는 어깻죽지"에
서는 도시노동자의 왜소함이 형상화되어 있으며, "열고 닫을 문조
차 없는 행색뿐인 부엌살림"이 "알전구 하나에 호사스럽"다는 진
술은 절대적 빈곤을 반어적으로 그려내고 있다. "어젯밤 남겨 두
었던 찌개냄비"를 끓여 다시 먹는 행위는 어제와 다를 바 없는, 단
순반복적인 노동자로서의 일상이 시작됨을 의미한다. 힘없이 터
덜터덜 걷는 왜소한 도시노동자의 걸음, 그 걸음과 닮은 '개다리
상'을 "늪 속 같은 방안으로 밀어 넣는" 모습은 그래도 부양가족을
위해 이 고통스러운 하루하루를 살아가야 하는 노동자로서의 비

애가 짙게 드리워진 장면이다. 다음 시는 시인의 일상적 삶이 구
체적으로 형상화되어 있다.

　　　잠이 든다는 것이 무서운 것인지도 모릅니다
　　　그는 항상 두 눈을 빼 시계 앞에 두고 잠이 듭니다
　　　그리고 피곤에 절은 육신이 투정을 부리던 말든
　　　두 눈은 새벽 3시 반이면 어김없이 가수 상태인 그의 몸 신경들을

　　　흔들어 깨웁니다

　　　밤을 잊고 사는 사람들이 모여 여는 새벽의 어물전은
　　　언제나 질척한 욕설과 졸린 불빛들이 아우성을 치고
　　　그날 팔아야 할 생선들을 고르는 눈길에는
　　　다부진 일상이 꽉꽉 들어차 있습니다
　　　　　　　　　…(중략)…
　　　재작년 어느 땐가 한 푼 권리금도 없이 거리로 나앉던 날처럼
　　　뱃속에서는 누를 수 없는 열기가 솟구치고
　　　타는 불에 기름 붓듯 건네받고 싶은 술병을 뒤로한 채
　　　국밥집으로 발길을 옮깁니다

　　　희망 국밥집 안에는 이천오백 원짜리 해장국 한 그릇도 호사인 양
　　　졸린 눈빛들이 게트림을 뱉어내고 하루의 대박 꿈을 인사로 건네며
　　　부지런한 일상 속으로 지쳐듭니다

　　　오늘은 또 어느 자리에 좌판을 펼쳐놓을지
　　　운전석에 앉은 민규 아빠는
　　　상계, 중계, 하계동 골목골목을 머릿속으로 그려봅니다

운수 좋은 날이라면 단속반 호각 소리도
드잡이하는 성질 고약한 손도 만나지 말아야 할 텐데
두 해 반을 누워있는 아내의 신음 소리가
덜컹거리는 트럭의 뒤꽁무니에 한사코 매달려 옵니다
— 「민규 아빠의 새벽」 부분

가수假睡상태에서 새벽 3시 반이면 일어나 생업 현장으로 나가
는 민규 아빠는 "항상 두 눈을 빼 시계 앞에 두고 잠이" 들어야 하
는 어물장수다. "재작년 어느 땐가 한 푼 권리금도 없이 거리로 나
가앉"은 후 새벽에 어물전으로 나가 "그날 팔아야 할 생선들을" 골
라 트럭에 싣고, "오늘은 또 어느 자리에 좌판을 펼쳐놓을지"를 고
민하는 워킹 푸어다. "상계, 중계, 하계동 골목골목을 머릿속"에
그리며 단속반의 호각소리를 피해야하는 노점상인인 그는 "두 해
반을 누워있는 아내의 신음 소리"를 떠올리며 소주로 빈 배를 채
우고 "희망 국밥집"에서 "이천오백 원짜리 해장국 한 그릇도 호사
인 양" 먹는다. 현진건의 「운수 좋은 날」을 떠올리게 하는 이 시
속의 '희망 국밥집'은 언어적 아이러니이며, "이천오백 원짜리 해
장국 한 그릇도 호사인 양" 먹는 모습은 현실상황과의 부조화가
빚어내는 상황적 아이러니다.

「뼈」라는 작품에서는, 힘겨운 하루 일과를 마치고 드러누운 노
동자의 모습을 "시체도 땀을 흘린다"는 강렬한 시행으로 표현함으
로써 독자의 공감대를 형성한다. "행여 저 죽은 잠을 자는/ 저 사
내는/ 칼날 위, 위험한 짐승인지도?"와 같은 신선하면서도 설득
력 있는 표현은 백성민 시 특유의 미학이다. 「이방인」에서처럼
"지상의 끝은/ 거울의 반사광처럼" 매끄럽다. "표백제를 풀어놓은

시간 위로/ 그의 걸음은 자꾸만 미끄러"지면서, 도시의 중심부로부터 소외되어 살아가는 노동자는, 지나가는 사람들의 눈빛과 거리의 불빛, 그리고 자신의 그림자마저 낯설게 느끼는 것이다.

백성민 시인에 있어서 삶은 바로 시를 의미하며, 그의 노동자로서의 삶은 바로 노동시인으로서의 시선과 밀착되어 있다. 이것은 바로 백성민 시인의 현실인식과 그 시선이 우리 사회의 소외된 공간으로 향해 있다는 것과 무관하지 않다. 그의 시가 부분적으로 단순하고 직설적인 면이 없지 않는가, 라는 측면도 어찌 보면 이러한 시적 상황을 정직하게 말하려는 의도에서 비롯된 것일 수도 있다. 바둑으로 비유하자면, 이세돌처럼 아무도 예상 못한 묘수를 두는 천재성보다는 이창호처럼 우매하게 보이나 빈삼각조차도 거리낌 없이 두는 인내심 같은 것이 그에게 있다. 그 재주를 자랑하지 않으므로 오히려 서툴게 보인다는 대교약졸大巧若拙이 어울리는 말일지도 모르겠다.

> 사내의 손길이 잃어버린 것을 찾는 듯 조급했다
> 은밀한 가랑이 사이로 숨어든 바람들이
> 멈칫거렸고
> 열차의 흐느낌이 들려왔다.
>
> 천장 위 불빛이 바람도 없이 흔들렸고
> 주섬주섬 옷을 챙겨 입는 사내의 모습이 잠시 전에 머물고 간
> 사내의 모습과도 닮았다는 생각이 들었다.
>
> 머리맡에 놓인 만 원권 석장
> 창문을 넘어온 눅눅한 빛들이

푸석푸석한 웃음들을 토해 놓는다.

크리넥스 몇 장으로 막아놓은 자궁 속에서
덜 마른 정액냄새가 났다
빗길을 걸어온 어느 사내의 발소리가
19호실 앞에서 멈추어 선다.

— 「4-19호 혜미의 빈방」 전문

여성의 몸마저도 돈을 벌기 위한 수단으로 강요되는 자본주의 사회의 그늘을 적나라하게 보여준다. 인류 역사상 가장 오래된 직업이 매춘이라고 하는데, 이 시에서의 성행위란 근본적으로 라틴어 sexlum(나누어진, 쪼개진 것)처럼 나누어진 두 몸이 서로를 채우기 위한 갈망의 몸짓이다. 매춘부인 혜미의 독백으로 전개되는 이 시에서 "잃어버린 것을 찾는 듯 조급"한 손길의 사내와 혜미는 둘 다 자본주의 사회에서 소외된 존재들이다. 그들에게 성행위는 "열차의 흐느낌"과도 같은 슬픈 행위이며, "잠시 전에 머물고 간/사내의 모습"으로 남을 뿐, 완전한 욕망의 충족과 합일의 희열은 없다. 뭔가 허전함을 채우기 위해 찾는 "4-19호 혜미의 빈방"은 "주섬주섬 옷을 챙겨 입"고 만 원권 석장과 "푸석푸석한 웃음들을 토해 놓"고 떠나야 하는 공간, 즉 파르마콘parmacon의 공간이다. "크리넥스 몇 장으로 막아놓은 자궁 속"에서는 자본주의의 "덜 마른 정액냄새가" 난다. 어떤 의미에서는 살기 위해 매일 반복되는 매춘부의 삶을 견뎌야 하는 혜미보다도 "빗길을 걸어온 어느 사내"라는 존재들이 더 조급하고 더 멈칫거리고 더 흐느끼는, 쓸쓸한 존재들일 수도 있다. 그런 의미에서 이 시는 자본주의적 성매

매를 통해 인간소외를 예리하게 파헤친 작품이라고 볼 수 있다.

이처럼 백성민 시인은 '상선약수上善若水'라는 『도덕경』의 말을 떠올리게 하는 시인이다. 물은 만물을 이롭게 해주지만 높은 곳을 흐르고자 다투지 않는다. 모든 사람들이 싫어하는, 낮은 곳으로 흐른다. 그만큼 그는 우리 시대에 힘거운 삶을 견디며 살아가는, 소외된 존재들, 사라져가는 존재들에게 따뜻한 연민의 시선을 보낸다.

> 드문 걸음들을 기다리는 것도 한때였다
> 골목 밖 새 상점들이 늘어날 때마다
> 불빛과 화려함에 밀린 골목 안은 더 짙은 그늘이 졌고
> 해어진 구두를 들고 찾아오던 발길도 멎었다
>
> 어쩌다 다급한 걸음만이 숨어들 때
> 반가움도 잠시, 벽 앞에서 부르르 진저리치는 몸짓이
> 오줌줄기 그려놓고 황급히 돌아나가는 축축한 시간
>
> 반평생을 환한 빛 아래 바로 세울 수 없었던 낮은 사랑 아래
> 무수한 발바닥의 상처와 터진 밑창 꿰매고 못질했을
> 낡은 재봉틀과 망치에는 검버섯 같은 녹이 슬고
>
> 언제였던가, 아직도 선명한 기억 속에는
> 미닫이 출입문이 닫힐 새 없이 헌 구두 들고 서있던
> 그림자만 어른거릴 뿐
>
> 오늘도 천가네 수선 집에는 이른 전등불만 켜진다.
> ─「신기료 천씨」 전문

116

신기료장수는 헌신을 깁는 일을 직업으로 삼는 사람이다. 신기료장수는 고무신이 성행하던 때에는 자주 만날 수 있었는데, 터진 신발에 접착제를 바른 다음 달군 쇠에 넣고 눌러서 터진 부분을 붙인다. 요즘도 도시 변두리나 시골 장에서 구두를 깁거나 밑창을 갈아주는 신기료장수를 볼 수 있지만, 현대물질문명의 발달로 인해 신발을 기워서 신는 사람들이 줄어들고 있다. 현대인에게 신발은 일회용 소모품으로 변모해가고 있기 때문에 "드문 걸음들을 기다리는" 신기료장수 역시 사라져가는 전통의 쓸쓸함을 보여주는 존재다. 그래서 풍요로운 물질문명, 그 "불빛과 화려함에 밀린" 신기료 천씨의 "골목 안은 더 짙은 그늘이" 진다. 2연에서 "어쩌다 다급한 걸음" 소리를 듣고 반가워서 쳐다보지만, 소변이 급해서 골목을 찾은 행인이라는 데서 신기료장수에 대한 안쓰러움은 해학을 동반하며 형상화된다. "무수한 발바닥의 상처와 터진 밑창 꿰매고 못질했을" 그의 생애도 노을과 같이 저물어가고 "이른 전등불만" 쓸쓸하게 켜지는 것이다. 신기료 천씨는 이렇게 현대문명이라는 시·공간에서 사라져가는, 한계적 존재다. 여기에서 중요한 점은, 백성민 시인이 주목하는 것이 개체적 존재로서의 신기료장수가 아니라 바로 우리를 지배하는 현대물질문명 속에서 사라져가는 전통의 소멸에 대한 안타까움과 비애라는 점이다.

소외된 존재들에 대한 백성민 시인의 따스한 시선은 「산10-1번지」에서도 극명하게 드러난다. "숨 가쁘게 오르는 골목길"이라는 상승적 시어와 "깨금발을 들지 않아도 보이는 낮은 지붕 위"이라는 하강-상승의 시어가 묘하게 결합된 이 시에서 시인은 놀랍게도 "허공을 찍는 새들의 발자국"을 상상하고, "누군가 쪼그려 앉아/

녹녹한 가슴"을 떠올린다. "어두워지는 하늘 아래"에서도 "나무 십자가가 온기를 머금는 시간"을 기다리는 그는, 역설적인 말이지만, 낙관적인 비관론자다. 가령 "눈에 보일 듯 말 듯 스쳐가는 자막 한 줄/ (위 이미지는 사실과 다를 수 있습니다)"(「초록에 관한 용서」)에서와 같은 시적 인식은 그가 자본주의 현실의 허상을 얼마나 날카롭게 통찰하고 있는 지를 여실히 드러낸다.

기다림에 무료한 손으로 전단지를 집어 들었다
비바람과 어느 발아래 밟혔는지 전단지의 사진은 군데군데 구멍 뚫려
전단지 속의 인물을 알아보기는 쉽지 않았지만
고딕체로 쓰인 사진 아래 글만은 그 의미를 다하고 있었다

"사십대의 건장한 남성입니다 십이 년 육 개월을 밥벌이 하다 지금은 휴직 상태입니다 열한 살짜리 아들과 아홉 살짜리 딸, 서른여섯의 아내와 전세 이천오백만 원짜리 세를 살고 있습니다 무엇이든지 할 수 있고 가능하다면 제 신체 일부분을 팔수도 있습니다."
해진 전단지 글을 다 읽었지만 기다림의 버스는 오지 않았다
바람은 다시 무서운 기세로 불어와 무료한 손이 들고 있던 전단지를 채 갔고 그제야 손은 바람에 의해 날려가는 전단지를 보며
허우적거렸다

언제였나?
문밖을 나서는 그에게 살갑게 입을 맞추고
고사리 손 흔들며 웃음을 배웅하던 시간이
바람을 움켜쥐려던 손이 잠시 뒤를 돌아보았고
그리고 거기 자신의 모습과도 같은 기다림의 그림자가 흐린 전등

아래
　바람이 팽개치고 간 전단지를 읽고 있는 모습이 어른거렸다
　　　　　　　　　　　　　　　　　—「그림자 지우기」 부분

　원시시대로부터 '그림자'는 또 하나의 자아, 혹은 영혼이라는 인식이 보편화되어 있다. 프레이저의 말처럼 원시인들은 물이나 거울에 비치는 자신의 그림자를 자신의 영혼, 혹은 살아 숨 쉬는 몸의 일부로 간주했던 것이다. 이 시에서도 사내의 얼굴이 실린 전단지의 '그림자'는 휴직 상태인 사내, "열한 살짜리 아들과 아홉 살짜리 딸, 서른여섯의 아내"를 먹여 살리기 위해 "무엇이든지 할 수 있고 가능하다면 제 신체 일부분을 팔수도 있"다고 말하는 사내의 가난한 영혼이다. 사람들의 발에 밟혀 "군데군데 구멍 뚫려" 있는 전단지는 절대궁핍 속에서 극도로 소외된 소시민의 자화상이며, "사십대의 건강한 남성"을 장기매매로 내몰고 있는 우리 사회의 현실에 대한 비판의 표상이다. 아무도 읽어주지 않는 전단지, "자신의 모습과도 같은 기다림의 그림자"만이 "흐린 전등 아래"에서 "바람이 팽개치고 간 전단지를 읽고 있는 모습"은 독자의 코끝을 찡하게 한다. 물질문명이 지배하는 현대사회의 가난과 그 소외의 그림자는 그늘 속으로 몸을 피한다고 해서 결코 사라지지 않는다. 이것이 현대인의 비극이다. 백성민 시인의 비관론적 현실 인식은 다음과 같은 시에서도 극명하게 드러난다.

　한발만 내딛으면
　토끼가 산다는 저 먼 내일 앞에 서 있을까
　절구 공에 빻아지는 것은 누구의 백골일까

어느 서리 깊은 날
신들의 조상을 위해
소복素服한 거리는 창백한 각혈을 한다

아무도 길들일 수 없는 오래된 길
앞서 걷는 사람과 돌아보는 사람 모두는
생의 반환점을 돌았을까
수없이 보낸 암호에 답신은 달빛에 묻어나는 흰 자국뿐,

누군가 두고 갈 그 흔한 흔적 하나
달려오다 멈춘 풍경 안에 걸려 있고
그림자를 지우는 나무 아래
순한 눈빛은 오랜 바람 속을 서성인다.

―「길」 전문

　"토끼가 산다는 저 먼 내일"에서 '저 먼 내일'은 올 것 같지 않은 희망에 대한 역설적 인식이다. "절구 공에 빻아지는" 백골 같은 삶을 살면서도 달을 꿈꾸는 소시민들의 삶. 보름달이 이지러진 후에 다시 소생하는 초승달이 암시하듯이 달은 재생, 부활의 설화와 밀접한 관련이 있다. 힘겨운 지상적 삶의 한계를 벗어나려는 욕망이 바로 "토끼가 산다는" 달에 대한 갈망이지만, 그곳에서조차 토끼는 누군가의 백골을 빻고 있다. 그로테스크한 첫 연은 "신들의 조상을 위해/ 소복素服한 거리"가 창백한 각혈을 하는 것으로 비관적 삶에 대한 인식을 드러낸다. 화자에게 '길'은 힘겨운 삶이며 "아무도 길들일 수 없는 오래된 길"일 뿐이다. 그래서 오늘도 길 위에 서있는 화자는 수없이 희망을 타진하지만, "답신은 달빛에 묻어나

는 흰 자국뿐"이라는 절망감에 도달한다. "달려오다 멈춘 풍경"은 단절된 꿈, "그림자를 지우는 나무"는 일말의 희망조차 사라진 현실을 표상한다고 볼 수 있다. 그러나 화자는 이런 현실에 대해 쉽게 체념하는 것이 아니라, 순한 눈빛을 하고 "오랜 바람 속을 서성"인다.

백성민 시인에게 삶은 "여윈 살 저며 주고 싶은 허기"로 가득 차 있고, "거미줄 문가에 기다림으로 서있"(「식구통 전상서」)는 삶이다. 그러나 "등 굽은 달빛만이 빈 독을 채"우는 비극적 삶 속에서도 그는, "살과 뼈를 자르는 그 한 순간"에 "어디쯤 묻어 있을, 뜨거웠던 생의 한순간"을 칼날이 "조심스럽게 더듬"(「무대 1막 1장」)듯이 견디며 살아가고 있다. "한때의 꼿꼿했던 이름 하나 / 울음으로 삼"(「못」)고 견디는 것이 그의 삶이다. "깔세 방 문지방 앞에/ 늙은 암제비 한 마리가 긴 목을 내"(「제비집」)미는, 가난한 삶에 대한 비관적 인식은 「고수」와 같은 시에도 담겨있다. "패 한 장을 뒤집을 때마다" 오늘의 삶이 한 장씩 뒤집어진다. 고수가 돌리는 패 앞에서 모두 숨죽였고, 그의 손에 있는 패 묶음은 언제나 그의 의중대로였지만, 운명이라는 "자신과의 패 돌리기는 늘 패배만을 안겨"주는 삶, "정확히 아홉 끗을 말해주고 있"지만, "단지, 석장의 패로는 완전수를 약속하지 못한 채로" 끝나는 것이 유한한 존재로서 현대인의 삶이 아니던가.

백성민 시인의 시는 이렇듯 인생의 중심부에서 밀려난 자들의 힘겨운 삶과 외로움을 노래하고 있는데, 이는 인간 본연의 따뜻한 삶이 회복되기를 바라는 의도에서 연유한다. 그것은 다음과 같은 시에서 잘 드러난다.

삼 년이란 긴 시간을 반신불수 누워있던 아내가
처음으로 입을 연 순간
언제 먹어봤다고 육 고기를 찾을 때
대용 할배는 사십 리 길을 한달음에 달려 읍내에 도착했고
육 고기 두 근 꼬깃꼬깃한 지전과 바꾸어 돌아서는 할배에게
푸줏간 주인은 땀이나 식히고 가라며
막대 꽂힌 아이스크림 하나 건네줬다

보리밥 푸성귀에 된장국만 먹던 대용 할배 입안에서
들도 보도 못한 아이스크림은 폭염에 녹아드는 쥐악상추처럼 감미
롭고
꼼짝없이 누워 있는 아내가 오줌이나 지리지 않았을까?
40십 리 구비 길을 허둥지둥 달리는데
한 손에는 검은 봉지 하나 단단하게 들려있다

먼 산 아래께 위태한 초옥이 눈에 차고
한 걸음에 들어선 방 안
누워 있는 아내의 수줍은 웃음 앞에 대용 할배는
검은 봉지를 자랑스레 내놓는다

"임자, 이것이 말로만 듣던 아이스크림이라 하는데 함 먹어보소!"
대용 할배의 부축으로 방 벽에 기대앉은 아내는
더듬한 손길로 봉지를 열어
나무젓가락 같은 막대 두 개 꺼내 고개를 기웃거린다.

그랬다!
쥐악상추 같던 아이스크림은 온대간대 없고
봉지 안에는 다 녹아버린 빈 막대만

끈적끈적한 단물에 엉켜 있었다

아내의 입 꼬리가 슬몃 올라간다
초례날 밤 열여섯 아내의 입가에도
저런 웃음 있었던가? 대용 할배 입가에도
벙긋벙긋 허 웃음이 돈다.

—「권대용 옹과 이쌍감 할매」 부분

비교적 장시임에도 경쾌한 리듬감으로 읽는 재미를 주는 시다. 백성민 시인은 이 시에서 토박이말과 지역방언 자체의 감칠맛 나는 느낌을 결대로 살려내면서 그 어떤 것에도 얽매이지 않는 자유분방한 상상력을 윤기 나는 구어체의 시학에 응축시키고 있다. 생생한 현장감 속에서 노부부의 순수한 사랑을 바라보는 독자도 대용 할배처럼 "벙긋벙긋 허 웃음"이 돌게 된다. "40십 리를 걸어 읍에 나와" 3년 동안 반신불수로 드러누운 아내를 위해 "막대 꽂힌 아이스크림 하나"를 가지고 달려갔으나, 다 녹아버린 빈 막대만 "끈적끈적한 단물에 엉켜" 있는 모습은 저절로 미소를 짓게 한다. 처음 먹어보는 아이스크림은 "폭염에 녹아드는 쥐악상추처럼 감미"로웠지만, 누워 있는 아내를 걱정하면서 다시 40십 리 길을 허둥지둥 달려오는 대용 할배의 마음은 얼마나 따뜻한가? "초례날 밤 열여섯 아내"의 순수한 미소처럼, 결국 백성민 시인이 바라는 세상은 이렇게 인간적 아름다움이 숨 쉬는 시·공간이다.

그가 지향하는 인간 회복의 꿈은, 우리 현대사의 비극적인 진실과도 맞서게 되는데, 우리는 다음 시에서 정의와 자유, 평등의 정신을 기반으로 한 통일지향시의 한 표정과도 만나게 된다.

가라, 모두 다 가야 한다.
내 어머니 어머니의 가슴속에는
찬 서리 한줌으로도 소박한 사랑을 키우지만

가라, 모두다 이 땅을 떠나야 한다.
이슬을 받아 삼켜 독즙을 만드는
등 뒤에서 총 쏘는 비겁한 정의는 가라

어쩌다 병이 들어 속살 드러내고
절뚝거리며 걷는 파지 줍는 국 씨의
가슴속에도 너희들의 정의는 없다.

일사 후퇴 때 내 아버지는
때려죽여도, 찢어 죽여도 좋을 폭력 앞에
전우의 죽음을 넘으며 맹세했다.
잘려진 팔다리 감겨진 눈을 찢어 뜨고라도
소박한 이 산하를 지키리라고…
너희들은 잠시 머물다 가는 손님이다.

가라, 너희들은 떠나야 한다.
천박한 정의로 무장한 흉포한 웃음을
이제는 원치 않는다.
관 속에 누운 내 아버지와 어머니의
소리침이 들리지 않느냐?
가라, 이제는 정말 떠나야 한다.
다시는 보고 싶지 않은 이방인들아!

비겁한 정의를 내치며

생살 저미고 가슴 찌르는 창검 앞에서도
굴하지 않을 것이라 했다.
바람을 찢는 총알 앞에서도 한 번도 꺾이지 않을
무릎이었다.
느닷없이 멱살 잡혀 머리채 흔들리고 내동댕이쳐진
비명 속에서도 한 번도 흘리지 않을 눈물이었다.
손톱 발톱 가슴을 물어 뜯겨도 웃을 수 있었고
관속에 누워 못질을 당하는 순간에도 웃을 수 있었다.
죽어 땅속에 묻히는 순간까지도 웃을 수 있었다.
그러나 오늘 나는 비굴한 삶을 보았고 비굴한 웃음을 보았고
비굴한 웃음 뒤에 감처진 비굴한 정의를 보았다.

— 「닫혀 있는 문 앞에 서서」 전문

　백성민 시인이 부정하는 것은 "등 뒤에서 총 쏘는 비겁한 정의"
라는 미 제국주의다. 국제사회는 자국의 이익을 최우선시하는 사
상이 지배하는 것으로, 미국은 우리 민족에겐 "잠시 머물다 가는
손님"일 뿐이다. 서부 개척이라는 미국의 역사는 인디언을 처참하
게 살해하고 그들의 땅을 빼앗은 역사이며, 서부극의 주인공이 악
당을 통쾌하게 물리친다는 미국식 영웅주의도 위선적 개척정신에
대한 명분일 뿐이다. 어떤 명분이나 정의를 위해 싸우는 '굿 가이
good guy'가 아니라는 점이 바로 미국이라는 나라가 걸어온 역사
다. 세계 최대의 경제력과 국방력을 보유한 미국은 "천박한 정의
로 무장한 흉포한 웃음"을 띤 국제깡패다. 자국의 이익에 위반되
는 모든 국가에 '정의의 심판'이라는 위선적 구호를 걸고 힘으로
제압한다. 국제평화를 수호한다는 명분 아래 온갖 합법적인 폭력
과 착취를 자행하는 나라가 미국이다. 화자는 '창검'과 '총알' 앞에

서도 꺾이지 않을 저항정신을 보여준다. "손톱 발톱 가슴을 물어 뜯겨도" 그리고 "관속에 누워 못질을 당하는 순간에도" 그들을 비웃을 수 있다는 것은 그들의 '비굴한 정의'에 대한 냉소이며, 이는 인간다운 삶을 근본적으로 방해하고 붕괴시키는 모든 부정적 요소들에 대한 저항정신인 것이다.

백성민 시인의 시편들은 소외된 존재, 또는 힘겨운 삶을 살아가야하는 존재들에 대한 안타까운 눈빛의 기록이며, 또 그것들을 잊지 않기 위한 비망록의 노트다. 그의 시는 분명 진취적이거나 실험적이기보다는 서정 지향적인 자세를 견지하고 있다. 그러나 그의 시가 고답적高踏的이거나 복고적인 것으로 비추어지지 않는 까닭은 그의 올곧은 시 정신에 있다. 그가 치열한 시 정신을 잃지 않고 더욱 창작에 매진하여, 우리 사회의 여러 가지 문제를 외연과 내포로 확대, 심화함으로써 다양한 시적 성취를 얻어내기를 즐거운 마음으로 기대해본다.

열린시학 시인선 82

워킹 푸어

초판 1쇄 인쇄일 · 2012년 06월 29일
초판 1쇄 발행일 · 2012년 07월 10일

지은이 | 백성민
펴낸이 | 노정자
펴낸곳 | 도서출판 고요아침
편 집 | 김남규

출판 등록 2002년 8월 1일 제 1-3094호
120-814 서울시 서대문구 북가좌동 328-2 동화빌라 102호
전화 | 302-3194~5
팩스 | 302-3198
E-mail | goyoachim@hanmail.net
홈페이지 | www.goyoachim.com

ISBN 978-89-6039-452-0(04810)